民族

添田 馨
Soeda Kaoru

思潮社

民族　目次

長詩　民族

装幀＝佐々木陽介＋山田裕里

長詩　民族

（序）

言葉を失うような現実、それが圧倒的な非情さで地を覆った日の裂目から、言葉が次々と立ちあがった姿を瞬間だけ目にしたのだと言おう。語ろうとすることはどれもが皆すでに語られたことだから、変化の風がかろうじて髪の毛を揺するほどに脆弱な時代を、巨大なるものの影が荒々しく擦過していくのを、何者も押し止める術はなかった。救済はすでに圧殺された存在の井戸に宙吊られ、幻視することも一切不可能になった時代の空を、破滅的な事象の連鎖が劫火のように覆い尽したのだ。危機は至るところで蔓延していたというのに、日々の視線は損なわれていった民族の身体に届かず、我々は圧倒的な歴史の審判のまえにただ言葉を失ったまま、もう百年以上が過ぎ去っていった。生き延びる理由の見えない世界を延命し、喜びの契機をすべて持ち去られた土地で繁栄を制度に落としこむ過ちが、いったい何度繰り返されてきたことか。かつて翼ある者が降り立ったこの幻想の土地を、二本の足を持つ者が再びその記憶となって生き延びようとしている。

一（恐慌）

たたた、大変だ　大変だ　大変だ
もはや事態は最悪だ
膨大な破滅の影があとからあとから雪崩れこむ
そこにあった［ブヨー商会］に
きのうまで静まりかえっていた店先に
せちがらい世間の風が危険なファンドを送りこみ
やがてくる破産の時代の幕開けへと孤独な群衆を追いたてたのだ
大恐慌の不貞な嵐はついにここまでやってきた！
投資と融資のテクノロジーが生んだ疫病は
井戸端の世間話にまで感染の輪を広げていった

事態はとてつもなく深刻だ
非情なるナショナリズムの荒野をめざし
富国強兵の鬼となりしは三世代も前のこと
いまはもう天国まで伸びきった赤字国債の階段で
永遠に完済されない借入証書が風に舞い
そしてさらに、とどめの一撃
格付機関のランキングと温情なしの信用査定が
成金国家の大群衆の生死を分かつ海図《チャート》になった
われわれが望まれぬ子供なのは明らかだった
われわれこそ生まれついての債務破綻者
恐慌の巨象の群れはもう誰にも止められない
だれひとり望んでいない破産の時代の幕開けに
金利システムの巨大津波はまたたくまに世間を席巻し
輝かしい ブヨー商会 の歴史絵巻も
かくして濁流に一挙にさらわれていったのだ
（代々続いた老舗を守れ！）

（父祖伝来の暖簾を守れ！）
（万世一系の屋号を守れ！）
（でも、何故なのだ……？）
検定済の神話となった歴史でもいまとなっては記憶の混乱
もうどの教科書にも載ってはいない
本当にブョー商会はあったのか？
ブョー商会はなかった——
いや、ブョー商会はあった！
その証拠に写真館大和と不動産屋日之本のあいだには
天地を割ったほそい隙間が傷のように残されていて
のぞけばいまも暗い地獄絵が飾ってある
かつて天皇の軍団が帆をあげ海賊行為をしてまわったという伝聞は
ここだけに伝わる建国神話
あるいはたんなる壁の落書きにすぎない？
群衆の——
群衆による——

群衆のための落書き――？
だが、こんな話芸は歴史ではない
古代から続く支配の呪縛は、誰もこれを解除できない
だから未来にむかってわれわれは
つみあげた遺産を一方的に取り崩すしかなかった
破産した荒野をもういちど燃やすしかなかった

二（愛国）

（裏切り）を恨もう
（首切り）を呪おう
（腹切り）で許そう
でも（指切り）を赦さない
憤怒のように一陣の風が吹きぬける
歴史に残る大恐慌のあとでは
三度の飯も二度に減らされ
配給は永久に廃止され
夢や快楽は闇市場でしか買えなくなった
復興したブヨー商会は人口を養うどころか

口減らしの戦争ボランティアを募集した
息抜きできたモダンタイムが
終焉したのを私は知った
あなたと通った喫茶［平和］が閉店した日も
ひとり私は泣き寝入った
すさまじいデフレーションが居酒屋［憩い］を直撃し
常連客も店を見限る以外になくなった
産湯をつかった銭湯までがいつのまにか廃業していた
歴史とは別離のながい連続だった
朽ちていく木造の旅館だった
あらゆる階層のあらゆる人士が
一泊してはすぐ旅立っていく迷路のような温泉宿
遠いとおい日の春の宵には
湯あがりの燗酒がもう死んでもいいほどに旨かった……
（裏切り）を恨もう
（首切り）を呪おう

（腹切り）で許そう
でも（指切り）を赦さない
慚愧のように一陣の風が吹き抜ける
あの日、私が恍惚の王と交したのは
じつは破滅の（指切り）だった
私もその日が来るまでは
ジャンケンに必ず勝てると信じこんだ一人だった
戦争ボランティアで殺戮を重ね
侵略キャンペーンで掠奪品を競いあい
泥にまみれてどんな戦《いくさ》でもやり抜いた
だが約束は結局なにひとつ果たされず
「赤紙」ばかりがつぎつぎと際限もなく発行された
ある日、私があまりの怒りに（グー）を出すと
王はすかさず後出しの（パー）を返すのだった

三（栄華）

花見の場所取りも
大昔におえた
いまだ咲かぬ桜を
いまかいまかと待ち望む
天上の狂える姉は
永劫なる嫉妬にかられ
人非人の弟どもを
四海にむけて解き放った
それからすでに百年が過ぎ
井戸のなかの蛙の私も

危うく夢を見そうになる
そんなとき小さく小さく歌ってやるのだ

（花見のはなが心に降り
風車のかぜが荒野に吹き
時雨のあめが降りかかる）[*1]

決まってきみらは月を観た
（菜の花や月は東に日は西に）[*2]
カラスが鳴くから帰りたいと
散華したとどのつまりも
出産すれば帳消しとなり
なんと無意味な人生
身の丈より長いものに巻かれて
体面を我々は生きてきた
身の丈よりちょっとだけ長いもの

すなわち民族　おお、民族
頭上をはるかに越えてゆく
放屁の風の彩りよ

(Oh Fatherland, Fatherland
Show us the sign
Your children have waited to see
The morning will come
When the world is mine)[*3]

その古い商人宿は
増築のうえにも増築し
玄関の場所はもう誰にも判らなかった
むかし劫火があったのに
火も旅館を焼き尽せなかった
過ぎた流行にながされ

まだみぬ過去にしばられ
花鳥風月で完全武装し
やっと最上階までやってきた
だが障子をあければ春の海
いや[春の海]の看板がみえ
一斉に花開いたのは軍事でなく
厳粛なゲームとしての商業だった

（まわれいま風車
風の吹かぬままに
約束のとおりに日暮の刻を待たず[*4]）

＊1　東京キッド・ブラザーズ「黄金バット」　＊2　与謝蕪村
＊3　“Tomorrow belongs to me”　＊4　68/71黒テント「阿部定の犬」

四（嫉妬）

たまらなく散華したい衝動が
ときおり眩暈のように襲ってきた
生理的なものでないことはわかっていた
欲望の充溢に起因するのではないことはわかっていた
過剰な夢の傷口に原因することはわかっていた
ながいことわれわれは精神のパリサイ派だったから
よくそのことがわかっていた
まだだれも本を読まなかった時代
暗闇がやってきて囁いた
神々の歩みは遅々として進まない

きょうも一日お花畑から帰ってはこないだろう
だから歴史の舵取りを
はやく人間の手にとりもどせ、と
すっかりそれを信じこんでしまったわれわれは
近代化の進行のなんと遅いことに
爾来、永劫なる嫉妬をもつ民族になった
でもすべては忘れ去られるだろう
文明開化という朱塗りの器も
縄文の一万年が忘れ去られたように
だから傲慢という名の本を読むようになったいま
われわれの分身、精神のワラ人形は
夢のなかであらゆる悪事を行いながら
善人として見掛けを保てる仮面にすぎない
たまらなく散華したい衝動は
まさにそのアンバランスから発生した
呪いのように、蠱惑のように

生理的なものでないことはわかっていた
嫉妬による神経衰弱に根ざす症状だとわかっていた
だから言葉よりも札束よりも
手ばなしで命を投げだす大義を探し
ついにみずから自滅せしむる途に転落した
ながいこと精神のパリサイ派だったから
われわれはよくそのことがわかっていた
だが誰ひとりとして
それを自分の口で語ろうとする者はいなかった

五　（液晶）

自分の顔が穴になって
すでに半世紀以上が過ぎ去った
穴には広さというものがなく
無限の深さだけがあった
この無限の深さを武器にして
私は自分の敵どもを
片っ端から穴底へ葬り去ることができた
たとえば私の敵どもは
床屋へ行くのに家族のひとりを殺す者
祖国のために自分の命も捨てる者

一円たりとも ブヨー商会 で買わぬ者
買っても利子で支払う者
同胞の遺骨を集めずに
記念コインだけ集める者
商人道を極めないで
武士道に血道をあげる者……
見ろよ、野菜たちが集会を開いている
彼らは農薬というものを浴びすぎて
思想もいつしか透明となり
脳味噌の襞にはいまや
青虫の一匹だって住んでやしない
顔が穴になって半世紀がたち
なんと無精な文化の髭が
穴の周りには咲き乱れてきたことか
かくしてハウス栽培の野菜どもが
未来の民族の食卓を

百年先まで占拠していった
海の物とも山の物ともつかない
見知らぬ末裔たちが勃興し
海の幸、山の幸を売りにだす時代になった
ブヨー商会は開店休業
祖国復興キャンペーンが
毎年のように繰り広げられ
売上げを競いあった商品棚には
敵どもの首がいくつもいくつも並ぶのだが
いまだかつて売れたためしがない
だから祖国を、私は売ってやったさ
国旗もついでに、売ってやったさ
国歌のCDまでオマケに付けて
愛国心できれいに包んで
——ふと気がつけば
　人々は顔が液晶に変わっている

六（革命）

（すべての権力をソビエトへ）
（すべての人民を兵役へ）
（そしてひとりの独裁者を）
（普通選挙で選ぶのだ）

ちはやぶる神代の森に私は分けいり
おのが右手をじっとみつめた
暮らしが楽だった日の思い出が
不思議と私には微塵もない
人の世はいつも壁のむこうにあって

繁栄の都市の余韻は
いつも遠くで御神楽のように響いていた

（すべての権力を銀行へ）
（すべての軍隊を温泉へ）
（そしてすべての独裁者を）
（社会鍋で煮込むのだ）

人の世の極上の日々がまだ来ない
壁のこちらでは
北と南あるいは東と西に
引き裂かれていった諸民族
森はすでに軍事境界線を呑みこみ
春になればいちめんに白い花が咲き乱れた
その様子がまた人々の涙をさそい
あとは、尻すぼみの年金と

尻あがりの税金が
人々の暮らしを施錠していった
彼らの顔には見えない蓋が被さって
五五年体制はワンタイプの国民車を
世界にむけて量産した
壁がまだ崩れていない時代のことだ
楽しみは銭湯だけだった
重要事件はぜんぶ銭湯で起こったし
大事な人はみんな銭湯で会えたから

（すべての権力を銭湯へ）
（すべての武器をたたら場へ）
（そしてさいごの独裁者を）
（多数決の火事場で燃やすのだ）

七（搾取）

税金よ　逆流せよ！
税金よ　逆流せよ！
さばえなす衆生の、たぎり立つ血税を
国家よ、それを木葉《このは》のお金の姿にもどし
五月の微風にのせて我らが民族に還元するのだ
永遠に救いのこない収税人は
世々澄みわたる神殿に跪拝して
貨幣による輝かしい勝利の歴史を
無知で貪欲なウシガエルたちに学ぶがいい
（だが給与天引きは合法的な窃盗だ）

こう彼らは言うだろう
――税金ダケ払エ…人間ハ要ラナイ…
　人間ハ費用ガ掛カリ過ギルカラ――
神聖にして侵すべからざる所得税と
絶対不可避の消費税が
かくしてきょうも未納者たちを
藁人形のように束ねていく
（だが督促状は合法的な脅迫だ）
われわれはどこでどう間違えたのか
社会保障がなければやっていけない社会が
そもそもの間違いの始まりだった
税金の不穏な影がひとり歩きするたびに
利権は五色の花弁となって
真昼の神殿を天国の模様で彩ったから
国家は、ほんらい原価を割って存在せよ！
手中にした財源を持たざる者に贈与せよ！

そして通貨よ、発行済のすべての通貨よ
樹々を揺する風のような公共財へと
みずから華々しく転生を果たせ！
生命保険がこの世での最後の希望だった
特約条項で二重三重に武装して
ようやくわれわれは安心の手形を手に入れる
破綻しかけの資産運用で食いつないでも
絶望の揺り籠から希望にみちた墓場へと
民族のたぐい稀なる誇りをもって
不安のなかを死の影とともに年老いていけるのだ
だが天上の民族遺産まで嗅ぎつけて
相続税の大義のもとに税金国家の不吉な影は
ひたひたと忍び足でやってくる
（差し押さえは合法的な強盗だ）
その嗅覚は地獄の果てまで利きおよび
かくして完全無欠の納税者が

民族の血をすっぽり抜かれて誕生する

八　（帝国）

汝の敵を殺せ、そしてその名を
記憶の墓標に刻みこめ
藪のなかのコックローチ連隊よ
君らの名前を私も決して忘れまい
たとえ嘘八百の正義でも
石碑に刻めば千年後には栄光の歴史になる
君らの帝国精神はまるで牧場の哲学だが
マリン・コルプスの魂があれば
バグの星でも征服できよう
最新鋭のパチスロマシーンに

砂漠用の迷彩服で対面し
新型の殺人ゲームに果敢に挑戦する君ら
君らはつねに堂々として「カッコイイ」
敵のいない世界をつくろう
どんなに危険なゲームも制覇して
ならず者には目にもの見せる
かくしてコックローチ連隊のゆくところ
みるみるうちに異郷と化し
爆弾の無差別投下と資本の無作為投下
軍事的勝利は交通安全を担保して
誰のでもない国益が
戦災からの復興をきれいに演出していった
敵がいないということは
かくも幸福な事態であった!
やっと清潔にしたキッチンだから
もし一匹でも現れようものなら

殺虫剤片手に家中を追いかけ回し
徹底的に殲滅する！
家の床下がどんなに敵で満ちていようと
地上の天国はテクノロジーが切り開くから
汝の敵を効率よく殺し続けよ
そしてその名を
永遠に、記憶の墓標に刻みこめ

九（八幡）

赤白とりどりの幟を頼み
軍神たちの船団が征く
神懸かる雷雲から氷の剣で武装した
八百萬《やおよろず》の軍勢が一斉に褌《ふんどし》を締めなおす
なんとも偉そうな神様たちが
狭い船上、俵のようにひしめきあい
もう帰りゆく郷里もない
目指すは瀛州《えいしゅう》、蓬莱《ほうらい》の国
言霊たちのさきわふ国へと
押し合い圧しあい

みな口々に喚きたてた
（領土を、盤石の領土を、神聖なる不動産を！）
その聲は十万の太鼓が
空で一斉に打ち鳴らされたようだった
天翔ける雷鳴は土着の民の耳を劈き
東征する軍旗
稲光る剣身
怒濤のごとく押し寄せる萬旗《よろずはた》──
とりどりの幟と化した妄想は
ひたすら勝利にむかう民族にこそ相応しい
まこと戦死に値する
そは祖国作りの大事業、八幡神の偉業となして
土着のまつろわぬ神々を
天に代わって成敗していく
「昔者《むかし》、新羅の国の神、自ら渡り到来りてこの
川原に住みき、すなわち名を香春《かはる》の神といひき[*1]」

いつの日も震えあがるばかり
地面に穴掘るばかりの我らは
遠い雷鳴としてその聲を聞いた
「辛国《からくに》の城に、始て八流《はちる》の幡と天降って
吾は日本の神と成れり」*2
おお、我らが八幡よ！
このうえなく偉そうな顔をして
あなたは遠い別の土地からやってきた
侵攻勢力八幡神の征くところ
ことごとく領土は開け
国境はことごとく修正され
キツネたちの楽園の地に
萬《ヨロズ》 幡《ハタ》豊《トヨ》秋《アキ》津《ツ》師《シ》姫《ヒメ》、祭り
息長《オキナガ》足《タラシ》姫《ヒメ》神功皇后《ジングウコウゴウ》、祭り
誉田別《ホムダワケ》尊《ノミコト》応神天皇《オウジンテンノウ》、祭り
すべて八幡大菩薩の大風呂敷に包みこんで

雄々しくも国つ柱を打ち建てたのだ

＊1　八幡宇佐宮御託宣集
＊2　「豊前国風土記」逸文

十（稲荷）

この国は稲荷だらけだ
街かどをひとつ曲がるたび
正一位稲荷大明神の無数の幟が風に舞う
電気屋に征服されたこの国で
お稲荷さまの数の多さは救いである
稲荷の数は電気屋をはるかに凌ぐから
われわれを堕落に誘うズボラの象徴
（草薙《クサナギ》の洗濯機――
（八咫《ヤタ》の色付受像機《テレビジョン》――
（八坂瓊《ヤサカニ》の冷凍冷蔵庫――

三種の神器がすべての家庭を支配しても
この国を裏で仕切っているのは稲荷
稲荷の霊力、狐火の底知れぬエネルギー
電気屋がどんなに威張っていても
稲荷がいなけりゃ世間は闇
稲荷こそは社会の灯火《ともしび》
いまや稲荷のネットワークは国民生活に欠かせない
コンビニエンスストアには必ず稲荷が置いてある
稲荷にお参りしなければ
電気料金の口座振替もかなわない
移動中も外出時も稲荷の携帯は義務である
われわれは稲荷のお札で病院通い
稲荷のお札でバスに乗り
稲荷のアプリで税金納めて
稲荷を担保に借金する
新開地には必ず稲荷

埋立地にもぜったい稲荷
道をあるけば稲荷、角をまがれば稲荷
都会には都会の稲荷、田舎には田舎の稲荷
庭先に稲荷、店先に稲荷
ビル屋上に稲荷、工場地帯に稲荷
駐車場にも稲荷、古墳にも稲荷
野球場にも稲荷、競馬場にも稲荷
学校にも稲荷、役場にも空港にもパチンコ屋にも稲荷
川の端に稲荷、海の辺に稲荷
森にも稲荷、山にも稲荷
振りむけば稲荷、見渡せば稲荷
津々浦々に稲荷
何でもかんでも稲荷
この国は隅から隅まで稲荷の威光に満ちている
だが稲荷の心は悲しいのだ
誰も本当の名を知らない稲荷

どの国のどんな時代の稲魂なのか
知りよう術もない稲荷
なのにわれわれは毎日食べる
ウカノミタマを毎日食べる
いなり寿司にして、感謝して
ウカノミタマを毎日食べる

十一（床屋）

飛び切りの床屋
紫の暁に血のついた剃刀で
首切りの儀式を終える
床屋の不穏な振る舞いは
言葉の端々に点々と非合法な血痕を残した
床のうえには数多の蟻が群がって
液のようなどす黒い帯域
粘りつくチョコレート色の瘡蓋となって
もうとっくに固着した甘い香りの海に
溺れ死ぬことを夢見ている

溺れ死ぬ夢を見るのを決して止めない
とっておきの取り憑く島よ
君たちは最上の飢餓を覚えよ
資本主義は寂しい
客を切り刻む床屋もまた彼の合法な職業だった
烏賊の眼が赤く光るのは
そこにも人が住んでいるから
ああ　床屋が千の胃袋の持主なら
都じゅうの鶏頭を食い尽して
明日の繁栄を鐘鳴らす播祭の執行もできたろう
祭はいつも喪の期間しか続かなかった
祭囃子の夜明けの死骸に
彼は大いなる嘲笑をもって立ち上がる
今しも目醒めた素振りをして
寂しい資本主義の軒先に
懲りずにまた百度石を踏みつけるのだ

さても現との境目で奇跡的に幼年の
線香の記憶を嗅ぎつけたなら
かならず周囲を凝視せよ
首を失くした浮浪者のように
柳の下の公設ベンチの暗がりに
床屋の霊がひっそりと座っているのが見えるだろう
名前を失くして幾久しく
記憶にとどめる絵姿もない
絵空事の調髪はつねに床屋の領分だった
そして言葉の端々に飛び切りの罪を挑発する
血のついた剃刀で華々しい最後を描く

十二（遺骸）

行旅死亡人

本籍・住所・氏名　不詳
推定年齢30〜50歳代の男性
身長１６０〜１７５cm　やせ型
茶縁眼鏡（フレームにRHYTHMの文字）
着　衣：ナイロン製ウィンドブレーカー
　黒色Tシャツ（前側「１９７５」と染抜き）
　ナイキ製スニーカー27・５cm
　ユニクロ製ジーンズ　ウェスト76・５cm

所持品：ヴィトン製財布黒色二つ折り　現金９９６円
　遊戯王カード５枚
　緑色リュックサック（fieldwalker）
　モバイルノートパソコン（ＳＯＮＹ製）
　電子辞書（カシオ製）、腕時計（ＳＥＩＫＯ製）
　携帯電話（ドコモ製）、中島みゆきのＣＤ
　万歩計、懐中電灯、鍵一本
　多目的ナイフ、女性の写真
　お線香一ケース、数珠、経典（般若心経）
　小説『ノルウェイの森』下巻

右記の者は、平成21年9月14日
午前8時40分頃、風咲市不帰抜２０２８番地
如意ヶ池北側約５００メートルの
法度岳山林内斜面で、左手小指に赤い糸を巻き付け
人差指を立てたまま両手で自分の頭を支えるような姿の

半ば白骨化した状態で発見された。
右足中指が生前よりすでに欠損し
死亡日は平成17年12月頃と推定される。
死因は言語中枢の遺失によるもので
遺体頭部からはいまも記憶が放散されており、
結界も張られたままであることから
自殺と考えられるも、委細は不明である。
身元不詳のため遺体は9月18日火葬に付し
遺骨は鹿羽共同墓園内にて保管してありますので
お心当たりの方は、当市健康福祉部市民生活課
環境美化衛生係まで申し出てください。

平成21年11月3日

曾富県　風咲市長　角賀有人

十二　（沈黙）

石のような沈黙
石のような沈黙
石のような沈黙が声をあげる
その声を誰もきかない
いや、誰もがその声をきいた
石のような沈黙
沈黙の石
崩れ落ちる石
崩れ落ちる沈黙
石のあげる叫び

石と石のあいだで
響きあう慟哭
沈黙の慟哭
悪意も善意もない巨大な力が
非情にも石の秩序を崩した
地層のなかに累積した慟哭が
沈黙を崩した
石のような沈黙を
われわれは抱いた
露わになった沈黙に
われわれは祈った
沈黙の叫びで
いつの日か
われわれの沈黙が
石の慟哭を
越えられるようにと

十四（海走）

母よ、慟哭の母よ、僕を
無限の愛惜で非情にも鞭打つことをせよ！
海走るこの地でこれまで幾度の災いが空を覆い
どれだけの土地が塩をかぶって死んだか
母よ、その運命さえあなたは宥そうとするかのように
慟哭する心を岩にただ打ち付けるため
か細くなった両の手で抱き留めるのですか
死児を抱くあなたの姿は
もうそれだけで涙を誘うに十分なのに
僕らは泣いてやることさえせずに

あなたを海走る地へたった独り置き去りにした
いたずらに嬌堕の道を歩むばかりだった僕らは
誰からも同情される余地なく
死の暗雲が広がる遠隔の都市でただ滅びの時を待つばかりです
母よ、あなたの慟哭がどこにも届くことなく
永劫にわたって石棺の奥、封殺され続けるのだとしたら
だれかまだ声のある者が
代わって告げ知らさねばなりません
しかし死んでいった者たちは語らず
生きている者は存在の怯えしか語らない
声ある者はこの地では
ことごとく異教の原罪を背負うことになるからです
（なんと僕らはこんな儚いものたちを心の支えに）
（今日まで生きてきたことか）
（それらは今、大波に運ばれて）
（泥に浸かった道路脇のそこここに瓦礫と一緒に散乱しています）

生死の境を地図のうえで示そうとする者たちを
どうして信じられようか！
なぜなら天国と地獄の境はその裏側に
目に見えない現実の脅威となって君臨しているからです
最後の救いはそれでも選ばれた者たちに宿るでしょうか？
地獄の目に見えない檻は
すでに普遍の翼でこの地と空を支配しているというのに！
生きて在ること、ただそれだけが今は救いのような気がします
幾度も海走った地で、なおも生きて在ること
そのことがいま絶望的に映るとしても
救いの途はそこ以外に僕らを導くとはどうしても思えません
天罰の重さが、積みあがった罪の厚みに相当するなら
いったい僕らは死に値するどんな罪を犯してきたというのか
ニセ予言者はいつも倫理の剣で延命を図るだろう
だが死は血縁と幻想のなかでだけ意味を持つだろう
死から我々は逃げるべきでないし

また死を避けうる術もない
大波が運んだおびただしい瓦礫と共に
我々が運ばれた場所とは
母よ、あなたが無限の愛惜で僕を鞭打たせる
そんな荒々しい見慣れぬ土地がまさに始まる場所だった！
そこに立つにはどんな資格もいらない
復興のレコンキスタの戦列に志願し加わる者として
死すべき無垢の心臓を回帰させればよかった
母なる者のあれほど激しい慟哭の後では
我々はこのように強くあり
また、優しくもあらねばならぬ

十五（封殺）

エネルギー革命だったのか巨大利権だったのか
いまとなってはもう分からない
誰かが許認可を求めて誰かがそれを認可した
地獄の火の封印が解かれたことを
知らぬ者は誰ひとりいなかった
反対運動はかなり早い時期からあった
だが国益と安全保障の狭間で
火を巡る国策は多数決の独断に委ねられ
膨大な理論知と物理的な設計思想が
巨大プロジェクトを現代の神話のように推進した

不安に思う者はたくさんいた
声なき声が満ちる静かの海で真相は秘匿され
広報担当の声だけが響き渡るのだった
冥界の王ハデスはプルートに名前を変え
かくして地獄への通路が開かれることとなった
その瞬間からわれわれは地獄の恩恵をいっぱいに浴びた
ニガヨモギの予言はもうとっくに成就しており
小規模な事故はいくつも頻発していたが
神話の綻びがもはや隠しおおせなくなったとき
まさに絶妙のタイミングで
空から恐怖の大王が降りてきた
推進派はパンドラの箱の合鍵を再び手にすることになる
地獄の火が照らしだすのは
光と反対のものの黒々とした素顔だった
だが普遍的な恐怖と没落のシナリオの許では
歩いてきた道を引き返す賢明さよりも

既存の路線を歩き続ける本能ばかりが勝っていた
懺悔するにはもう遅過ぎたし
莫大な経費はバランスシートをやがて壮絶死に導くだろう
現代の神は株主資本利益だから
無駄なコストは徹底的にカットされ
新たな融資先をもとめて死神が放つマネーの束は
低きより高きへ、滅びにいたる広き門にむかって
死者の軍隊のように進撃を始めるだろう
地上に地獄の火をもたらしたのは
プロメテウスの高邁な意志のかけらもない
醜怪な野合の産物だった
誤解はするな、これは終りの修辞ではなく
長いながい悲劇のここが始まりなのだから
闇でさえ近づかぬ光と反対のもの
不死をかこつその凶暴な怪物を
飼いならすことなど不可能だった

昨日まで巧妙に隠され続けたその怪物は
今日すでに万民の憎悪の的になっている
哀れなその生き物は六つに裂けた頭のうち
すでに四つに深手を負い
血まみれの見るもグロテスクな姿で猛り狂っている
最新のどんな兵器もその醜怪さには歯がたたない
時折そいつが叫び声をあげるのは
人間に裏切られたことへの絶望から
見捨てられた者の悲しみの咆哮を叫んでいるのだ
もし、それが天罰だと
天つ罪による天罰だと指弾するなら
己れにまったく罪のない者だけがそれを言え！
人の住めない土地が染みのように広がるのは
世界へのそれが復讐なのだと知れ
われわれは国土を、育てあげた郷里を
自らの手で封殺するしか答える術を知らないのだから

十六（雅歌）

男は冬が来るのも近いと感じていた
男はずっと昔に持っていた名前を失念したことさえ
自明となった日々の掌で暮らしていた
時おり運命の青い影が骨ばった拳で扉を叩くことはあったが
いやそれは人違いだと考えるのが常だったので
錆びた諦念の扉をみずから開こうとはしなかった
時計の針はもうずっと止まっていたが身体のなかを流れ続けるものがあって
冷たいその感触はいつも男の動悸を不安に早めるのだった
女は十五年の周期を経てやってきた
女は自分が女の身で生まれたことに戸惑いを覚えていた

磁石の針はいつも真南を指したが
心の底を流れるのはどれも先の尖った氷山ばかりで
天上の秤は運命のアームをまだ時に明け渡すのを躊躇っていた

熱い戦争が終わって十年目に男は登場する
舞台はまだ何も整ってはおらず
星の重力におよぼす影響もまだ完全に未知数だったが
とにもかくにも世界の条理は彼の身を受けいれたのだった
冷たい戦争のなかで男は心を育てた
女はこの世のもっとも深いところにその影が兆しはじめたばかりだったが
宇宙の螺旋階段はすでにその到来を予感していた
海岸にちかい町で男は言葉を覚えていった
言葉よりさきに天然の調べが心の軌跡を描いていったが
そのずっと先にあるはずの〈世界〉に
言葉は意味の兆候をばら撒くことをやめなかった
楽しくもそれは切ない日々だった

だが、ある日とつぜん暗闇がやってきた
かつて戦争がやってきたときのように忍び足で狡猾に
男がそのとき逃れるように降り立ったのは
世界がみずから削除したあの荒涼とした場所だった

暗闇が宇宙をとりまく至高の原理とは思えなかった
だが、創世の瞬間から無限に続いている映画は
暗闇のなかでしか観ることができなかった
男が観たのはいつ来るかもしれない滅亡のヴィジョンの数々だった
全世界が燃えさかる地獄の歓喜で崩壊していく
その予兆だけが自分に生存を許容しているように思われた
重苦しい時代の到来を男の心は予感した
訪れる運命の暗がりに何が潜んでいるのか知る由もなかったが
心を鷲摑みにして放さないみえない鎖との闘争が
さだめられた道なのだとある瞬間に悟ったのだった
女は剣術の修練のなかで育った

闘いの道は女の心にゆるぎない霊気への鉄路を敷いたが
戦闘はもはや日々の軒先にたれさがる倦怠だった
女はあるとき剣を呑みこみ、それを精神の筆に変えた
その日から女は、白紙の上に真摯な勝負の日々を賭けた
内心からあふれ出る魂の雫で女は墨をすった
そうすると毛筆のみえない刃が立身し
これまでの虚無を凛とした表意のドラマに切磋するのだった

男は最底辺の場所で〈世界〉を繋ぎ止めるのに失敗していた
昼と夜は逆転したまま相容れることがなく
男にとって昼は絶対的に虚しい惑星にすぎなかった
その状態は永遠に続くかと思われたから
夜になると鏡にむかって言葉を紡いだ
若い頃に始まったその習慣は男の怨念をたっぷり吸いこんで
暗いその韻律は吸血蝙蝠のように都会の空を夜ごと舞い飛んだ
男が射撃のように発した言葉は凄まじい勢いで空を切ったが

それはどこにも届いてはいかない空砲だった
届かせる相手がどこにいるのかさえ
男には解らなかった、ありもしない〈世界〉を撃つ虚勢が
男の逆転した暮らしを支える倫理の衣装になっていた

女はどこまでも実際家だった
女は眼の前に積まれた石を別の場所まで融通する術に長けていた
金銭ではなく人と人を繋ぐ呼吸の妙案をよく心得ていた
女はそれから滴るような黒々とした墨の液で
精神の痕跡を描いた
すでに女の身体は古代から連綿する大河に生まれ
その懐に回帰を仰ぐ聖域にあった
男が放った言葉を女が書き留めることはなかったが
女はもっと遠くから自分を呼ぶ者にすでに魅入られた存在だった
時折その口をついて出るのは
昔も今も清冽であり続ける風の音と

無常な一抹の寂寥の雨音だった

男は暗闇でありとあらゆる視てはいけないものを視た
この世の最も深く暗いじめじめした場所に永くいたので
ヴィジョンは男に見知らぬ時代みしらぬ国の大崩壊を予言してやまなかった
虚ろな心臓はすでに鼓動の意味を喪失し、底なしの地球の井戸で
はるか上方に展開する黙示の天使を目を細めて希求していた
女は帰る故郷も星間の木霊のように霧散して
右手が撰りだす漢詩の余白は凍りつく時間の波ですっかり覆い尽された
男をはじめて女は呼び出そうと思った
魔法陣は女の腹部で、そのとき月のように輝いた
同時に男は初めて自分を呼ぶ者の声を聞いた

呼んでいるのは敵兵の声ではなかった
運命のアームが風雪に揺られ
コンパスはすでにあり得ない角度を刻みはじめていたが

誰がそれを知るだろう
夜空の澄みわたった空間に星々は動かず
家々の灯火は都市のもうひとつの地形図を描いていた
そうやって地上の掟は
千年続く鎖のように人々を縁《えにし》の地下牢へ繫ぎ止めていた
だが秘蹟の天使は願ってもないときに降臨する
呼んでいるその声が孕んでいたものによって
男は永い孤独の日々にこもり続けた岩窟を
初めて光輝く時で満たすことができた
自分を呼ぶ者の声の残響が
深夜のアトラスの足元を弾丸のように通過していった

女は幾度となく女である身を受け入れようとしたが
天上の采配はその度に非情さを増した結末を用意した
もっとずっと遠くから女は呼ばれ続けていた
いつも本当は聞こえていたのに

永いこと耳を塞いできたことに女は気づいた
心の原生林は彼女にある場所へおもむくよう促した
最初の一歩が踏み出されたとき、女は武器を持たない戦士になった
空には光り輝く生々しい天体が地軸のずっと先に静止していた
女のもっとも原初の姿はそのようであった
宇宙的な樹木の影が塩基の配列となって結晶を見たとき
意味の萌芽がただただ暗いだけの存在の内側に兆しはじめた
女が向かったのは荒れ狂うエコロジカルな戦場だった
始まりが、このようにして始まったのだった

果たして何億という調べの悲歌が生涯を貫いていくようだった
男はそれが返済すべき罪状の賦課としては膨大にすぎると思った
周りの人間には聞こえぬ嘆声が
世界の至る処から男の血流に溶けこんだ
悲歌は男の常態をなしたが
わけても戦場は善意の敵に満ち満ちていた

暗い虚空をあてもなく泳ぎ回る線虫が男の正体だった
前にしか進めないその習性は進むたび、視界に世界の涯を転写していったが
摂理を読むには言葉の到来を幾星霜かけて待たねばならなかった
暗い河面を夥しい散った桜の花びらが竜の姿で昇っていく
冷たい戦争が普遍の熱狂に焼かれ遠い北の海洋に没してから
筆を持つ革命の戦士たちは一瞬も休むことなく忘恩の器楽を打ち続けた
ときおり振り返りたい衝動に抗いながら
女は自分の身が誰のものでもないことを覚え
嗚咽した夜に、とてつもなく長い歴史を刻んだ男の影が
公園の木立のあいだから無表情に歩み寄ってくるのを視たのだ

まだ朝の影に過ぎない男が
無償の贈与を開かしめるそれは最初の兆しだった
なぜなら女は贈られた者だったたから、誰に？
それはただ密やかな自然からのシグナルによって
また男は奪い尽された風の響きによってのみ歌う者だったたから

敗残も苦しみをひとつさえ点火させずに
ただ男の梵鐘のような頭蓋で滅するだろう
男の彫り残された顔にむかって女はただ一言囁くだけでよかった
未完成の耳で男は幻聴する大洋の汀で
初めて女の悲しみが海藻のように揺らぐのを視た
ふたつの心音が共鳴し、おお、お前を抱きとめられたらと
本気で男は思った、この偽らざる気持ちの木霊を
血と肉の脈打つ言葉の波濤に書き留めようと
最初の言葉がそうやって男に訪れたとき
形成途上の瞳がみるみる透明さを増していき
神秘すぎる獣の進化の最終形にいたったその顔を男は視る
おなじように女もその顔を視る
互いの瞳のなかを覗きこみながら
藍染の藍の発酵する兆しを互いの胸に確信させるのに充分なくらい
近くで互いを初めて見つめあった

「そなたの胸は海のよう、涯の見えない黄金色の照り返しが鱗のようにはじける
そなたの脚は若枝のように、しなって弾ける雌鹿のもののように遠くを走り
現在を追い越していく太古からの日の走りをも超えていく
そなたの笑いは微風を巻きあげる、樹々の葉裏の秘された香りを
普遍の園へと導くはるかな道標を示してくれる
そしてそなたの眼差しはすでに何ものにも代えがたい
あまねく世界を照らしだす、そなたが視るから私も視線を重ね合わせた
そなたが視るから私にも視える、色褪せた空に七色の光彩が甦るかのように
宇宙の色調でふたたび染めあげてくれるのだ
そなたの唇、そなたの髪、そなたのうなじは創られたばかりの天地のように
創造者のあらゆる思いを満たし、また満たされてあるだろう
そなたの両の眼、これは永遠の入口だ、空にあって地にあって
緑なす山並みに、蛇行する河川に、あらゆる島に、半島に
さしても日々の暮らしのどの瞬間にも
灯をともす永遠の安堵と不安の母斑をなすだろう
そなたの声は萎えて縮んだ脳髄をふたたび奮い立たせる風だ

その声が呼ぶから、私も呼びかける、かくして朝の宇宙に声は満ち
世界の更新は畏れる者の探湯《くかたち》の儀礼をもことごとく滅していくだろう……」

誕生の契機は、かならずしも事象の幸福を語らない
女の狭い谷間の最奥にまぶしい朝の光を浴びて
白百合が一本なまめかしく咲いている
男はその花を永いこと見ていたが、その根に病気が宿ったことを
花がみずから告げるまでは知る由もなかった
できることなら男は女になり代わってやりたいと思った
女の大地にみずからの屍を埋めて精気となし
地層の深みからアトラスのように支えてやりたいと思った
男は使命が銀の翼に乗って彼方から近づく気配を覚えた
すでに女は言葉を失っていたから
男は視たことのすべてを言葉の笹舟にして送り続けた
病んだ女の心にむけて覚めやらぬ受苦の紙飛行機を
そうやって恐る恐る子供のように飛ばし続けるだろう

よしんば黒い洪水が二人を呑みこみ引き裂こうとしても
男の想いの丈と女の想いの丈とは、すでに重量を加算して
星の重さに統合された不可視の歴史へと刻印されるのだ
七月の長いトンネルに男は入っていった
自分の非力を男は呪った、手を差し伸べても指は氷のようなものに触れ
思わず縮こまる日々が貨物列車のように通過していった
心の闇の最底辺の場所に男は沈んでいった
とても長いあいだ男は深淵にとどまって
死の意識に耐え続けようと覚悟したが
脳裏に去来するのはどれもペニスを肥大させた雄の精霊ばかり
枯れきった白百合の残骸が男の尻と胸腔に腫瘍を生じさせ
不倫の遺伝子を男に引き継がせようとする振舞いを
身体のいちばん奥まったところにウィルス感染させるのだった

太古からの深淵は底知れぬ闇をたたえ
裏返った心の暗雲を悪夢のように映しだす

はじめて男は自分が恥としての存在であることを
暴虐の虜であり見るに堪えない姿であるのを
水面に映る鏡のなかで知ったのだ
津波のような嫉妬がやってきた
覚悟はしていたが本当は逃げ出したかった
でも何処へ？　あらゆる猜疑と物狂おしい業火の大風が吹きすさび
天空を赤く光る懊悩のだんだら模様に焦がしていった
時おり堪えきれなくなると、殺意の百足が心臓から脳髄へと
這い上がってくるのが分かった
いっそのこと女を殺してしまえば濁流の雲間も晴れると
そうやって何度、男は氷の刃をおのれの脳天に突き立てたことか
打ち消しても打ち消しても泡のように湧き立つ親密な面影を
そうやって男は、事実、殺すのと同等の振る舞いを人知れず実行したのだ
女へのそれは裏切りであり、一切の地獄を呼びこむものだった

女もまた漠然とした死の不安のなかにいた

自分の病は過去世からの遺伝に連なっていたから
女の病は歴史の地層に
びっしりと根を張り巡らせる古い蜘蛛の巣のようだった
そこから逃げられないのを女は知っていたので
いくぶん自暴自棄になり、髪は伸び、枯葉は積もり
荒野のような景色に自分を押しこもうとして
頑なな表情をさらにこわばらせた
男が捧げた玉杯をはげしい仕草で女は拒んだ
口づけることもなく、平手でそれを打ち捨てた
玉杯は粉々に砕け散り、満たされていた男の血潮のような酒は
無言の砂地に音もなく飛び散り消え去った
言葉が女の最終の武器だったから
研ぎ澄まし毒まで塗って
黒い弓につがえて撃つのに何ひとつ躊躇はしなかった
男の身勝手な息の根を断つには、それで充分だったのだ

陰気と陽気の循環が今も昔も世界を支配する構造だった
誰もがそこから抜け出せず、日々の内攻は歴史の底に封印されて
鬱の心が普遍的な章典を起草するのに
もはや諸民族から抵抗は起こらなかった
黒々とした荒れた河だけが深層の腹部に流れ続けていた
男はみずから幽鬼の分身となって、くる日もくる日も河に沿って歩き
ただひとつの海のような思いがやってくるのを待った
あふれるばかりの安寧がばら撒かれた種子のひとつひとつに宿り
それぞれに穂を実らせ、収穫後のありふれた姿をみせるようになるまで
苦悶して待った、それが自分にやってくるのを
時に、重たく垂れ込めた雲の裂目に見慣れぬ表情が走り
みるみる内に空が明るさを増して、一気に薄闇が明けると
果たしてそこには透明な何者かの素顔が広がっていた
瞬時にして男は悟った
男は女が自分に遣わされた至高の天使であり
その隠れた意図を誰にも知られぬよう紡ぐ者だったことを知ったのだ

それは突然のことだった！

女の身の上のことを男は想った
女は遣わされただけで甘熟の果実の芯を本当に手にしたのだろうかと
だがそれはもはや叶わぬ思いに過ぎなかった
全身をうち震わす五体投地を礼法として
男のただひとつの思いは、構造の暗がりの外部から訪れる者の到来を
すでに以前より究極的に呼びこんでいたからだ
七月の長いトンネルは、ここでその役割を完全に終えた
沈黙は十四年間に及んだが、男にはそれが万劫年にも感じられた
真夏の光線が激しいシャワー状の洪水となって降り注いでいた
そこ、喜望峰の突端に立ち、鷗や水鳥、鳩や小雀たちと戯れながら
男は何者かの見えざる手がふたつの岸辺を大きくアーチ状に番えていくのを視た
同時に、女の姿が小さく小さく虚空を遠ざかるのが見えた
異貌の電波塔は上空にいまだその全貌を現わしてはいなかったが
男の心はずっと女の心のそばで生きていきたいと願った

二人がこれから定住できる国が存在しないのは自明だったが
それでも男は女と生きていきたいと願った
願いながら、ひとりはげしく号泣した
現代のバベルの塔は、男の強靱な意志の花芯を受け継いで
さらなる高みを我がものとしていくだろう
女の陰気な内面の嵐は絶えず男の両頰を打ち
不屈の情熱への致命傷とすべく冷淡な弓矢を皮肉まじりに射るだろうが
それが愛の無数の刺し傷に変わる魔法をすでに男は知っていた
ここにはすでに何の救いもなかったが
間違いなくこの関係の外から救いの地平が近づく予感が膨らんでいた

その若木は本当にひっそりと
男のまえに添えられた贈物のように実在した
最初ひかえめに、極めておずおずとではあったが
小さな者の小さな声でその胡桃の若木は語りはじめていた
その声は男に初めて外部からの声として届いた

無数のミンミン蟬が意識の表層に心地よいさざ波を立てていた
光を必死で回避し続けた沈黙の歳月はあっけなく終焉した
男は女が光輪のなか、奇跡のように自分を認めた輝かしい瞬間に遭遇し
思わず足を止めその場に立ち尽した
男のほうへ軽やかに駆け寄りながら
力強い簡潔なメッセージで女は男に尋ねたのだった
その若木のこれからたどる運命を
過去などすでに一切が存在しなかったように
言葉はどれもこれから先の未来にむけて構想され
鋼でできた花びらのように鍛えられ、風吹けば
色とりどりの紙飛行機の群れとなっていっせいに舞いあがるだろう
そのひとつひとつは実に他愛のないものでも
胡桃の実はいずれも最高の出来映えを示すだろう
取るに足りないメッセージの交換ほど嬉しい挨拶はなかった
ともに呼吸するのとそれは同じだったから
碧天に顕われた深長な兆候に導かれて

ちぎれた雲海のはるかな向こうの高原に昇る夢を男は見る
いや夢によって夢から見られているのだと言おう
そこに自らの神を呼ぶにはまだあまりにも微かで弱い場所ではあるが
喜望峰という島の突端で
男は夏がいま盛りなのだと感じていた

十七（来臨）

それは回復の物語である
涸れ果てた泉の心音を
遠く閑古鳥の鳴く時代の空に
逆風は吹きすさび
日暮れは鈍い音をたてて
憂うる者らを暗雲のように寸断していった
春、なんという残酷な季節よ
揺り籠は墓場への一本道を
重なりあうように睦まじかった影たちを
経済の戦場でその意図も省みずに

射殺することをした
さても香しかった銀の碗
ひときれの愛情で本当は充分だったのだ
何を君たちは満帆に夢見たのか
ザラザラの画布　張り裂ける太陽
逆しまの十字架に繰り返される肉片は
もう記録にさえ堪えずに
改竄の限りを尽した
色とりどりの衣服を置き去りにして
冥土への円周率を際限もなく暗記させた
到る処でガラス器の崩れる音
また倒産と倒産の噂を聞くであろう
だが最期にやってくる者は幸いである
嘴をもつ緋の乙女等が
吹き流される目線の嵐で
昨日までなかった青紺の湖を

はじめて私の深層に開いたのだとしたら
それは回復の物語である
留守よ、不在よ、忌々しい誘いよ
君たちはすでに償われた者たちの
伝説に仮釈放の期日を探った
誰ひとり知らない
声を限りに私が幾晩を貫通したか
一人の、たった独りの天使の囁きが
恋しくて骨がきしんで
内臓を裏がえすくらいなら
いさぎよく刑に服するもよいが
違うのだ、来臨は本当にあったのだ
私の夢には、いまだ忘却されぬ温もりが
透明な水面をすべる花びらの
そそりゆく素足にも増して
荒れ狂っているのだから

十八

（恩寵）

ロビンソンの奇跡を忘れない
私が胸に暗雲の病を隠し
陽光は透明な檻のむこうに
よそよそしさで装って
草の葉ひとつに分け与えるほどの
蜜さえ差し出すことはなかったが
救いの影はそれでも頬をなでる微風のなかに
野蛮な儀礼のように予言されてもいた
渦巻いている街のつねに枯葉の漂流していく階段に
人知れず降り立ち　やがては人間となり

偶然の純粋な回転木馬に
春先の怜悧な雨は水の撚糸となって
ぬぐいえぬ禍根をまざまざと残した
ロビンソンがつねに私の友でいたのは
予言の時代がはるかに過ぎて猶
天上の秤は塩を一握の砂粒に擬態させ
心根のありもしない涸れ泉に
風の言葉で語り続けていたからだ
往き交う人々のうち誰が
天使の称号を受けるに相応しい翼の持主だったのか
生涯が雪崩れていく裁きの末日にいたるまで
来臨が保証されたためしはない
運命の澱みが束ねた指のあいだから
不幸の泥水を夜になく昼になく引水してからというもの
歓喜の日々がふたたび訪れようとは
ロビンソンの調べに乗ってもう二度と離すものかと

繰り返し誓う山師の歌も潰えるだろう
切れ長の眼をした誰かのものだった運命が
蠟の足指を私の胸に差し出したとき
三度とも夢は私を死海のほとりに呼び覚ました
またとないお前が好きなのだ
数十年の月日が星々の燦きを残して
死滅したあと何という恩寵が
ロビンソンの事後的な奇跡の波紋を
虹のたゆたう深夜の河面に
いまも揺らし続けているのだろう

十九　（召命）

あなたが呼んだから僕は応えたに過ぎない
あなたが僕にしたのは遥かに呼ぶいじょうの振舞い
だったからこれほどの血の奔流が
闇のなかを飛ぶカモメの意志に逆らって
行くぞ、船は満ちてくる潮にあらがい
光の波濤はすぐにも天使の巻網を
夜毎吹く風に解禁する自由を与えてくれた
肉の約束事の縛りのなかで何故に夢は無辺なのか
地上の酒では足りない
見えない蒼穹、抱かれた海の轟きから

密やかな関係の輝く爪弾きは始められた
船は、言の葉で帆先を飾れ
緑色のありとあらゆる衣服で飾れ
僕が呼ばれたことは海神に果たして
予言されてあったか
いつの世の見知らぬ聖典がそれを予見できたか
運命はいつも暗かった、そして
どんな海の淵よりも深かった
天上の消え去った音楽を
僕は地上のありとある野菜の霊に懇願して回った
理由なんぞはいつも後からやって来る
悪い思いは特にいちばん最後に来る
信じることだ、胸に手をあて
最高の木霊が最も親密なその唇から
死語の再生のように
世界生成の秩序を交信させて止まない

並み居る死者たちは死んではおらず
輝きがあなたの顔から雅の意匠を取りはずしても
大きな海のような微笑みが母なる心音のように
必死ですがりつく者たちを束ねていく
明日になれば僕はもはや時の墓場に追い越され
冥界の料理人が培った数々の麵麴種《パン》を
また一から記憶に刻みつけているかもしれない
いくつもの過酷な夜をくぐり抜けてきた
ありとあらゆる堕地獄は闇の淵に顔をのぞかせ
なんと、なんと永いこと
あなたを僕は見失っていたことだろう
B・E・A・T・R・I・C・E!
生誕がまるで天災のように袋を破ることがあって
あなたの呼び声が僕の心臓の嵐のなかに
潰えてしまうことはもうない

二十　（新生）

戦いは加齢の度合を強めていた
人格は分解されたまま意味を失くし
敗れ去った戦士として夜の底を
がらんどうの瞳に蜘蛛の巣の意識を灯した行軍が
来る日も来る日も続いていた
太陽の貨幣で武器を作ろう
風の電気で夕闇を切り裂く剣となそう
ビルの黒々とした影たちが聳え立ち
誰にも知られない地下壕で密命は先行された
燃えたぎっている私の心臓に

血流の地下水脈をあなたは甦らせてくれたから
オルレアンの少女よ、あなたは
たとえ純潔を犠牲に捧げてまで
敵軍の兵をうち破りこそすれ懐柔することなく
いったい何年、私の蜂起を待ったことか
醜いかつての裏切り者の素振りで
恐るおそる私が近づいていくと
間伐されていないその森は薄暗く
あなたのまたとない足跡を永いこと見失っていた
まぎれもなくあなたは少女の姿で
華麗な軍装は豊饒な起伏を包みこみ
怖気づいた私の遥か彼方へと進軍したまま
戦果の報せさえ途切れとぎれの断片に
色褪せたままにしておいたのだ
もしも許されることなら
私をまた、前例のないあなたの戦線に加えて欲しい

あなたのためなら、死ねる
いまなら、まだ共に戦える
五百四十歳の年齢差がわが戦線の盾となるだろう
魂の水源を蝕むあらゆる議論の鎖は
至る処に山河への爪痕を残した
ここで落命した幾百万の鳥類の記憶を頼りに
わずかに歩を踏み出すと
神々しい朝の黄金はあなたの頭上に
まぶしい光の全身シャワーとなって
骨身削る私の生体に緑の化学反応を刻印したのだ
かくして私は雪崩れゆく新生の日々に
誰にも、あなたにさえ告知することなく
死地に赴く足取りで
残された民族の使命を喉に
歓喜の叫びを深くふかく呑みこむ変身を遂げていく

廿一（民族）

起源の物語が消え去って久しい
流離の山河を茫々と吹き抜ける春の颶風は
死滅した国家の亡民の生い立ちから
その戦意の広大な裾野に草々の兵隊を
渡来した種苗のように繁茂させ
この世ならぬ鬨の声を津々浦々に運んだ
もう何世代も前から私の胸には
金色に光輝く日の巫女の面影が宿り
ブヨー族の女は武器と太鼓を選ばない
ブヨー族の男は戦の踊りを冠飾りに変えて

草原をはるかに南下する道を選んだ
正統な王権のもと神話は幾星霜の戦闘を浄化した
まことの恋情をもって私は蘇る
すでに死に絶えて久しい系譜の裏側から
血統は野焼きのように国土を巡り
千年の恋を日の巫女の懐から
長いこと干涸びきった心臓に血流の
力強い噴出を待ちわびる民草に至るまで
燃やし続ける誓いを鮮明にした
わけても涙の雲で虹を開いた朝鮮半島
ブヨー族の王都があった幻想の土地から
我々は矢を番えて渡ってきた
九重の船団を連ねては何派にもわたって
押し寄せる津波のように、誰が想像しえたろう
謀略につぐ謀略を書紀は押し花にして
恋文を装った歴史への反歌と為した

民族の細胞は日々新たに興亡していた
その民草のひとつひとつに冠された名前はどれも
おなじ数だけの神々の異称だった
そのひとつひとつの名を風の言葉として
私はつぶさに聞きそして暗誦した
神々の名を知ってしまった者に
恐ろしい運命が突き刺さってくるとも知らず
異教が全世界を覆い尽した時代
ブヨー族とは死滅した版図の呼び声だった
わが末裔の子々孫々は永劫の異郷に散り
清廉な商売に細々と精魂を傾けたのだ
千年、あるいはそれ以上の年月を
その間にも終末の予言は幾度も封印を解かれ
裁きの稲妻に曝され続けた幾百年
築きあげた絢爛の屋台骨は
すでに利欲の病害虫に喰い尽され

剝落した誇りと言霊は虚無の氷海に永く沈潜した
願わくは、我とわが身を捧げて余りある国柄を
地の果ての不毛の砂漠に植樹し賜え
日の巫女の切れ長のあの眼差しを忘れない
その眼差しに魅入られ、私は武器を取ったのだから
まことの恋情を笹舟に託して
激しく打ち寄せてくる暴流のような怒りは
運命に課されたあらゆる予言をも裏切るだろう
観念の皇王を私がうち建てることはない
ただ心惹かれる者のために私は赴く
民びとの沸騰する記憶の底で
伝説の英霊たちが汗血馬に跨って
幻視の荒野をあてどなく彷徨うように
永い永い叙事の時代を通り過ぎて
民族はすでに輝く栄華の時代を忘却し
叙情の言葉でたがいを照らしあいながら

完結のない自叙伝を書きあげるのに汲々とした
誰が想像できたろう
その間にも水源は異教徒たちが買い漁り
言霊のさきわふ国は遥かな望郷の静寂のなかに
ひっそりと息を潜め死体のようにただ暗然と
横たわるのみだった
私の敵は貪りの心を持ち、憐れみの心を持たない
レアメタルな亡者たちの同盟だ
あってはならぬ神話に巣食う亡骸の大群だ
その空虚を満たす際限のない増殖を私は憎む
民族浄化は死の勝利への恐怖から
生者の物語に介入し続ける冷たい散文の影だったから
すでに西の大国は東の大国に戦いを挑み
決戦は酌量の余地なく期限どおりに決行されるだろう
いくつもの国に散った透明な語族を呼び集め
太陽の経済をもって私も最期の論陣を張るだろう

とおい昔、ブヨー族の祖先が半島を下ったのとは逆の道行きで
言霊の使者を絶え間なく気流の船団で送りだす
ありあまるキャピタルゲインで武装した悪意の軍団は
貧者の国の銀行を破滅的金融の砦と化した
破綻までの正確な寿命を推し測るには
金融工学よりも伝統的な占星術が必要だった
私は異国の天使が至る処で喇叭を吹き鳴らすのを聴いたが
俗界の迦陵頻伽はいつまでも冥途の土産を石積みにし
凍りつく音楽の調べに乗せて
季節のなかを雪崩をうって虚脱していく
天界からの救済は担保物件抜きでなされねばならない
決済期限を過ぎた民族の井戸から
いかなる公器も怨念の利息を収奪してはならぬ
流離の山河よ、異郷となるまでに荒廃した街々よ
流竄していく商売繁盛の神々よ
私を生かしめるものは何か、そしてさらに遠く往かしめるのは

鋼色に垂れこめた暗雲を奇跡の一陣の飛翔めかして
双頭の孤高の鷲が虚空を切り裂く闇のなかで
ほんの一瞬あなたの微笑の光が射すだけで
私は何度でも生き返ることができる
日の巫女よ、すでにあなたが姿を消して千年が過ぎようと
その倍の年月が過ぎようと
私はけっして忘れない、私たちいがい誰も入れない楼閣で
あなたは切れ長の眩惑する眼差しで告知したのだ
この国の未来の姿を、たたなずく青垣を
酒と蜜とが満ちる幻想のまほろばを
この記憶に焼きついた夢見の鼓動が途絶えぬかぎり
たとえ独り灰の地で死の影の谷を歩むとも
災いと試練を恐れない
とてつもなく荒れ狂う磁場の大河に沿って
私は歩き続けてきた気がする
その境涯は遥か薄明の霧の彼方にかすんでいるが

日の巫女よ、あなたの強い促しの歌声が
ヘッドフォンからはいつも聞こえていた
「死ストモ可也、死ストモ可也……」
途切れとぎれの肉声は
内側に穿たれた底知れぬ傷痕から素晴らしかった日々の
よき思い出のみを爆発的に噴出させた
歩きまわる私の取るに足らぬ日常を
まだ見ぬ未来の栄光の民族の深い緑へと染めあげていったのだ

民族《みんぞく》

著者
添田《そえだ》 馨《かおる》

発行者
小田久郎

発行所
株式会社 思潮社

〒一六二―〇八四二　東京都新宿区市谷砂土原町三―十五
電話〇三（三二六七）八一五三（営業）・八一四一（編集）
FAX〇三（三二六七）八一四二

印刷・製本
美研プリンティング株式会社

発行日
二〇一二年三月一日